기획의 말

그리운 마음일 때 'I Miss You'라고 하는 것은 '내게서 당신이 빠져 있기(miss) 때문에 나는 충분한 존재가 될 수 없다'는 뜻이라는 게 소설가 쓰시마 유코의 아름다운 해석이다. 현재의 세계에는 틀림없이 결여가 있어서 우리는 언제나 무언가를 그리워한다. 한때 우리를 벅차게 했으나 이제는 읽을 수 없게 된 옛날의 시집을 되살리는 작업 또한 그 그리움의 일이다. 어떤 시집이 빠져 있는 한, 우리의 시는 충분해질 수 없다.

더 나아가 옛 시집을 복간하는 일은 한국 시문학사의 역동성이 드러나는 장을 여는 일이 될 수도 있다. 하나의 새로운 예술작품이 창조될 때 일어나는 일은 과거에 있었던 모든 예술작품에도 동시에 일어난다는 것이 시인 엘리엇의 오래된 말이다. 과거가 이룩해놓은 질서는 현재의 성취에 영향받아 다시 배치된다는 것이다. 우리는 현재의 빛에 의지해 어떤 과거를 선택할 것인가. 그렇게 시사(詩史)는 되돌아보며 전진한다.

이 일들을 문학동네는 이미 한 적이 있다. 1996년 11월 황동규, 마종기, 강은교의 청년기 시집들을 복간하며 '포에지 2000' 시리즈가 시작됐다. "생이 덧없고 힘겨울 때 이따금 가슴으로 암송했던 시들, 이미 절판되어 오래된 명성으로만 만날 수 있었던 시들, 동시대를 대표하는 시인들의 젊은 날의 아름다운 연가(戀歌)가 여기 되살아납니다." 당시로서는 드물고 귀했던 그 일을 우리는 이제 다시 시작해보려 한다.

기획의 말

그리운 마음일 때 'I Miss You'라고 하는 것은 '내게서 당신이 빠져 있기(miss) 때문에 나는 충분한 존재가 될 수 없다'는 뜻이라는 게 소설가 쓰시마 유코의 아름다운 해석이다. 현재의 세계에는 틀림없이 결여가 있어서 우리는 언제나 무언가를 그리워한다. 한때 우리를 벅차게 했으나 이제는 읽을 수 없게 된 옛날의 시집을 되살리는 작업 또한 그 그리움의 일이다. 어떤 시집이 빠져 있는 한, 우리의 시는 충분해질 수 없다.

더 나아가 옛 시집을 복간하는 일은 한국 시문학사의 역동성이 드러나는 장을 여는 일이 될 수도 있다. 하나의 새로운 예술작품이 창조될 때 일어나는 일은 과거에 있었던 모든 예술작품에도 동시에 일어난다는 것이 시인 엘리엇의 오래된 말이다. 과거가 이룩해놓은 질서는 현재의 성취에 영향받아 다시 배치된다는 것이다. 우리는 현재의 빛에 의지해 어떤 과거를 선택할 것인가. 그렇게 시사(詩史)는 되돌아보며 전진한다.

이 일들을 문학동네는 이미 한 적이 있다. 1996년 11월 황동규, 마종기, 강은교의 청년기 시집들을 복간하며 '포에지 2000' 시리즈가 시작됐다. "생이 덧없고 힘겨울 때 이따금 가슴으로 암송했던 시들, 이미 절판되어 오래된 명성으로만 만날 수 있었던 시들, 동시대를 대표하는 시인들의 젊은 날의 아름다운 연가(戀歌)가 여기 되살아납니다." 당시로서는 드물고 귀했던 그 일을 우리는 이제 다시 시작해보려 한다.

여우

문학동네포에지 069

류인서 시집

여우

시인의 말

동티모르 산악 지역에서 커피나무와 함께 생장한다는
그림자나무(shade tree).
무릇 관계와 관계들이 그랬으면 좋겠다.
서로에게 그림자나무였으면 좋겠다.

시가 누군가를 향한 어설픈 폭력이 아니었으면 좋겠다.

2009년 봄
류인서

개정판 시인의 말

여우로부터 여우까지 십수 년. 사이에 울타리 없는 무수한 세상이 있다. 복간이라는 말이 지기인 듯 낯선 이인 듯 반갑고도 신기하다. 앞으로도 사랑받기를 바라는 마음이다.

2022년 겨울
류인서

차례

3부

4부

1부

전갈

봉투를 열자 전갈이 기어나왔다
나는 전갈에 물렸다
소식에 물렸다
전갈이라는 소식에 물렸다

그로부터 나는 아무도 모르게 혼자 빙그레 웃곤 하였다
축축한 그늘 속 아기버섯도 웃었다 곰팡이들도 따라 웃었다
근사하고 잘생긴 한 소식에 물려 내 몸이 붓고 열에 들떠 끙끙 앓고 있으니

아무튼, 당신이 내게 등이 푸른 지독한 전갈을 보냈으니
그 봉투를 그득 채울 답을 가져오라 했음을 알겠다
긴 여름을 다 허비해서라도
사루비아 씨앗을 담아오라 했음을 알겠다

거울

시골집 수돗가 빛바랜 저 거울에게도 어느 순간 반짝, 빛나던 때가 있었다

일생을 흘려보낼 조그마한 저수지를 이루었다고 세숫대야 물이 흰 부추꽃처럼 찰랑일 때

아버지 돋보기안경에 날아 앉은 잠자리가 멀리 있는 어린 자식 안부 편지를 읽을 때

긴 여름날 마당가 백일홍꽃 속에서 더위 한 자락 싹둑 자르는 가위 소리 들릴 때

오래 집 나갔던 맨 끄트머리 보랏빛 형제가 돌아와 일곱 색깔 모두 모였으니 어머 이리 나와봐, 저기 무지개 떴어

포도 몇 송이 놓고 식구들이 빙 둘러앉을 때, 으깨고 으깬 그 저녁의 육즙

그리고 시골집 수돗가 거울이 마지막 반짝 빛나던 때, 이삿짐 나가고 식구들 다 떠나고 담장 밖 능소화가 적막한 등불 하나 걸 때

칼새

이과수 폭포에 사는 칼새는 날랜 검객의 그것처럼 눈썹이 없다

칼새의 날개를 활짝 펼치면 한 자나 된다 다모(茶母)의 검날보다 한 치가 적을 뿐이다

지붕을 훨훨 나는 검객처럼 칼새는 이과수 폭포의 공중에서 결코 땅에 내려서지 않는다

이과수 폭포의 뿔 이과수 폭포의 숨겨둔 배꼽…… 칼새는 폭포가 오래 겨루어야 할 상대임을 안다

관광객들이 폭포에 뜬 무지개다리를 건넌다 눈앞을 스쳐가는 깃털 한 점, 칼새가 벼랑에 새겨놓은 아득한 발자국

썩은 사과 한 자루

이야기의 시작이야 당연히 한 마리의 잘생긴 망아지였죠 망아지의 갈기 끝에 핀 흰구름이었죠 흐르는 초록 풀밭의 아침이었죠
망아지와 맞바꾼 살진 암송아지였죠 우유 한 잔으로 맞는 약속의 식탁이었죠
알고 본즉 뿔도 안 난 어린양이었죠 부드럽고 따뜻한 양털 목도리였죠
뒤뚱뒤뚱 알 잘 낳는 새하얀 거위였죠 암탉이었죠 고소한 에그프라이였죠 종종종 병아리떼 개나리 노란 텃밭이었죠
사실인즉, 암탉과 자리 바꾼 썩은 사과 한 자루였죠 사과의 썩은 과육을 도려 만든 시큼들큼한 잼 한 병이었죠
사실인즉, 당신의 발치에 힘없이 널브러진 쭈그렁 빈 사과 자루가 전부였죠

어린 시절 책에서 배운 안데르센이죠 썩은 사과 한 자루죠
망아지인가 하면 송아지 송아지인가 하면 양이죠 양인가 하면 거위죠 암탉이죠 바뀌고 또 바뀌는, 작아지고 또 작아지는 농부 할아버지의 이야기
과장 없는 삶의 은유란 걸 오늘에야 겨우 눈치챈 거죠

명료한 열한시

아홉시에서 열한시 사이,
석가가 거리로 나가 밥을 빌었다는 시간
그 시간 당신도 거리에 있고 끼니를 구걸중에 있다

당신의 법도 어쩌면 많은 집에서 밥을 얻는 것일지 모르다
당신은 매일 수많은 문을 두드리며 이곳에 온다
이곳에는 관가와 상가와 은행가가 있다

아홉시에서 열한시 사이는 구걸하기 좋은 시간
거리에는 막무가내 태양의 핏빛을 색주머니에 퍼 담는 꽃들과
날 선 잎손을 내밀어 초록을 구걸하는 나무들
당신은 또다른 문 앞에 서 있고
당신의 수상쩍은 주발은 옆구리에 매달려 흔들린다
서쪽으로 놓인 당신 그림자는 나귀를 닮았다

아홉시에서 열한시 사이
당신의 머리 위로 남루의 구름 함지를 이고 새들이 날아간다

마녀의 사전

—마흔

이것은 일억 년 전 벌(蜂)에서 분화했다는 개미의 나라 글씨로 쓴 책이다

이것은 읽고 싶은 것만 읽고 보고 싶은 것만 보고 마는 맹목의 눈을 위한 책이다

이것은 아니 땐 굴뚝에서 연기 나고 안 밴 아이를 낳기도 하는 수상한 수돗가의 책이다

이것은 멸치잡이 그물에 밍크고래가 걸리기도 하는 행운 복권 같은 책이다

이것은 비린내와 화근내가 진동하는 저잣거리 가판대에서만 파는 책이다

이것은 하나의 집에 두 개의 대문, 감춰둔 그의 뒷문 같은 책이다

이것은 얼음 접시의 불룩한 물배꼽에서 피워올린 회오리바람 같은 책이다

이것은 열 때마다 쪽수가 늘어나고 볼 때마다 내용이 달라지는, 사본 불허의 책이다

이것은 발꿈치를 들고 따박따박 당신 뒤를 따라가는, 삶에도 죽음에도 속하지 못하는 유령들의 책이다

이것은

당신이 책을 읽는 것이 아니라 책이 당신을 읽는, 종국에는 통증 없이 당신을 잠들게 하는, 잠든 당신의 피를 먹고 자라는 흡혈박쥐 같은 책이다

이것은 당신의 마른 혓바닥을 서표로 사용하는 책이다

공공연한 미술관

한동안 전시중이던 공공公共空空연한 미술품들*이 사라진 동대구역

공연히 헛헛해진 내 눈 속으로 공공연한 빵집과 공공연한 약국, 공공연한 커피숍이 쏟아진다
다짜고짜 손부터 내미는 공공연한 구걸이 다가온다
공공연히 붉은 석류꽃이 비둘기 똥 말라붙은 분수대와 손잡고 광장을 빠져나간다

빈 대합실엔 하나둘 모여드는 얼굴 없는 승객들
저 공공연한 노숙의 옷자락을 시속 3백 킬로미터 굉음으로 스쳐가는 고속 열차
속도가 빠져나간 역사, 유리벽엔 어둠의 차단막이 방화 셔터처럼 내려지고

차도 너머 가등 불빛은 기괴한 갈퀴손 그림자 광장까지 뻗친다
놀다 가세요 자고 가세요, 공공연한 밤의 호객이
불온 전단지처럼 뿌려지는
이곳에서는 사실
생의 목록으로 전시되는 둥글고 각진 모든 것들이 나, 공공연하다

* 2004년 여름부터 2005년 봄까지 동대구역 구내에 전시되었던 설치작품전 '공공公共空空연한 미술전'.

접시거미

이 접시에서 북두칠성이 태어났다
이 접시에서 큰 주걱 북두칠성을 키워 세상으로 떠나보냈다
이제 나는 나의 우주, 접시의 집을 새로 짓는다
먹이가 오는 길목에 사마귀 눈 같은 외등을 걸고 용연향을 피워두리라
그에게 입힐 옷을 짜기 위해 밤새워 물레를 돌리겠다고 달빛과 계약하리라
내 초대에 그가 온다면 나는 접시 바닥을 겅중겅중 뛰며 기쁘게 맞이하리라
여덟 개의 다리로 그를 힘껏 껴안아 빙글빙글 돌리리라
접시가 돌고 촛불이 넘어지고 음악이 쏟아지고, 이윽고 접시 찬 바닥에 새벽별 돋을 때쯤이면
잠자던 내 육식의 습성이 회복되리라

거울 마네킹

대머리 여자가 이제 막 투구를 쓴다
반짝반짝 거울 방패를 닦는다
그리고 불길한 싸움의 징조인 까마귀떼를 부르자
어디선가 수백 조각 검은 거울들이 날아온다

여자는 저의 가장 깊은 상처인 몸의 구릉을 내려다본다
화살처럼 날아와 꽂히는 꽃 하나
쇼윈도 밖, 길을 가던 행인이 그 꽃을 꺾어간다

유리 구두

그녀의 굽 높은 하이힐은
길고 매끈한 목을 가진 와인 잔
아찔한 수위를 즐기는 그녀가 담겨 있죠

종아리 지나 엉덩이 지나 가슴을 지나
미끈한 머리칼을 지나
상상 속에서만 차오르는 당신의 수위
끓어 넘치거나 말거나
콧대와 하이힐의 굽 높이는 서로 반비례하는 거라고
당신들이 빈정대거나 말거나

그녀는 한사코 날카롭고 뾰족한 유리 구두만을 고집하죠
두 개의 잔을 놓고 생각하는 당신
오른쪽 잔을 잡을까 왼쪽 잔을 잡을까 망설이는 사이
빛은 지고 상황은 끝나버리죠

당신이 잊어버린 빈 잔의 그녀가
이 빠진 와인 잔에 비단 물고기를 담아 키워요 장미를 꽂아요
어떤 날은 물고기 날개를 닮은 하얀 돛배를 띄우기도 해요

술잔처럼 가늘고 긴 목의 그녀가 거리를 걸어가요
단단한 돌부리에 부딪쳐

삐끗하는 한순간,
그늘 없는 풍경에도 짧게 실금이 가요
가늘게 핏물 번지는 유리창, 밖으로 새하얗게
배꽃이 떨어져내려요

일일극

그 집 현관 입구에 작은 질항아리가 놓여 있다
사내는 그것을 자존심을 빼 담아두는 항아리라 부른다
아침마다 얍! 과장된 몸짓으로 자신의 속을 꺼내 항아리에 담는 시늉을 하며 집을 나서는 사내

항아리 속을 들여다보기 좋아하는 아이와 달리 아내는 그것에 눈을 잘 주지 않는다
어쩌다 몇 방울 방향제로 눅은 공기를 달래거나 빈 항아리에 걸레질을 하는 그녀
그런 날은 부글부글 고춧가루를 잔뜩 푼 내장탕이 그들의 저녁상에 오른다

그런 어느 결에 아침의 의식(儀式)을 잊어버린 사내가 하얗게 탄 담뱃재를 슬쩍 항아리 입술에 비벼 끄기 시작한다
그런 어느 결에 도마질에 이력이 난 중년의 아내가 슬쩍슬쩍 무딘 칼날을 항아리 입술에 갈아 쓰기 시작한다
아빠 그게 뭐야, 묻기 좋아하던 그 아이가 어느새 줄기 붉은 가시 열매를 꺾어다 항아리에 꽂아두기도 한다

그들의 변하지 않는 입구, 항아리는 거기 둥글게 놓여 있다

흐르는 빨래들

물가에 닿자 성큼 빨래 생각이 난다는 당신이
아이처럼 찰박찰박 발장구를 치는군요

흐르는 여윈 발등을 깨며
당신 일생의 빨래들이 떠내려가네요
양잿물에 삶아 빤 팔월의 햇덩이가, 한 필의 누운 모시베가
원더풀 하이타이처럼 풀어진 바지랑대 끝의 헤픈 구름이
빨래는 빨래끼리 거품은 거품끼리
횡야설 수야설 미끄러지며 소용돌이치며

흘러가는 빨랫감 하나를 건져올리는 당신
누구의 가파른 손이 두드려 빨았는지 비틀어 짰는지
쭈글쭈글 자글자글 물때 낀 천 조각
이제 보니 풀기 빠진 당신의 몸이군요

물살은 급해지고 섬유는 질겨지고 비누는 독해졌지만
당신은 여전히 빠지지 않는 얼룩처럼 그 자리에 앉아있지요

상류에서 누가 숯이라도 씻고 있는지 어느새 온통 검어진 물빛인데요

몽상을 찢다

아내가 저의 늙은 아버지에게 그를 소설가라 소개했을 때
몽상가로군, 노인은 짧게 한마디 했을 뿐이다

그는 정말 몽상가였다

몽상으로 배 채운 방석을 엉덩이에 깔고 앉아 키보드를 두드린다
쓰던 글을 완성해간다

몽상의 첫 계단에서 아이가 태어나고
몽상은 이제 얼음장에도 피가 도는 삼월의 달력이 된다
그는 달력을 찢어 아이에게 줄 연을 만든다
바람의 마술에 홀린 아이가 연을 따라 뛰어간다

그림책 안에 갇혀 있던 아이
시장통을 뛰고 북새통을 뛰어
세상으로 흘러들어간 아이
태어난 첫 계단을 달려 오른다

계단의 딱딱한 위계를 의심하며
계단의 출렁이는 음악을 장난하며
계단의 무한 변증법을 건너뛰며
깔깔깔 솟아오르던 아이

계단 가장자리 난간을 타고 주르륵 가볍게 땅 위로 뛰어내린다
아이가 도망간 줄 모르는 연이
주름 접힌 날개 그림자를 끌고 계단 위로 달려간다
허둥지둥 아이 따라가던 그의 시간이 계단처럼 두툼해진다

그가, 이미 아무것도 적혀 있지 않은 그의 책을 찢어
바람에 흩뿌린다
세상 가득 떠다니는 글자들의 파편

느티나무 하숙집

저 늙은 느티나무는 하숙생 구함이라는 팻말을 걸고 있다

한때 저 느티나무에는 수십 개의 방이 있었다
온갖 바람 빨래 잔가지, 많은 반찬으로 사람들이 넘쳐났다
수많은 길이 흘러와 저곳에서 줄기와 가지로 뻗어나갔다
그런데 발빠른 늑대의 시간들이 유행을 낚아채 달아나고
길 건너 유리로 된 새 빌딩이 노을도 데려가고
곁의 전봇대마저 허공의 근저당을 요구하는 요즘
하숙집 문 닫을 날 얼마 남지 않았다 그래 지금은
느티나무 아래 평상을 놓고 틱틱 끌리는 슬리퍼, 런닝구,
까딱거리는 부채, 이런 가까운 것들의 그늘 하숙이나 칠 뿐

2부

철쭉

산행 길 비탈에
환하게 피어 있는 산철쭉 한 무더기

이리 와서 이 철쭉 굵은 꽃술 좀 봐
팽팽한 철삿줄의 공기를 당겨올리는 낚싯바늘 같아

그러면, 이 붉은 꽃 바늘로 나비 날개를 당겨 연애나 해볼까
등성 너머 구욱국 울어대는 산비둘기 울음을,
산복도로 아래 처박힌 자동차 바퀴를,
비탈밭 들쑤시고 다니는 멧돼지 꼬리나 당겨봐?

낚싯바늘 입에 꽉, 물고 살아가는
산비탈 언청이 꽃마을 산철쭉 동네

사물의 말

나는 빛을 모으는 오목거울이지
자전거의 은빛 바퀴살 사이에 핀 양귀비꽃
세계와 세계 사이를 떨며 흐르는 공기
회오리를 감춘 강물이지

조용히 밤의 표면을 미끄러져가는 유령들의 범선
나비 걸음으로 다가오는 폭풍우지
땅의 중력을 거슬러 솟아오르는 새
태양을 애무하는 파도의 젖가슴*이지
춤추는 방랑자지, 나는

멀리 있는 별보다 더 멀리 있는 별*
네가 잡은 주사위의 일곱째 눈이지

세계의 벽을 두드리는 망치, 나는 그 끝나지 않는 물음이지 기다림이지
아침을 향해 절뚝이며 달려가는 괘종시계
발기하는 소경의 지팡이지, 날 선 창끝이지

네가 나를 들을 때,
너의 눈이 나를 쓰다듬을 때,
나는 너에게 덤빈다 먹어치운다
먹으며 먹히며 서로 끝없이 스민다
내가 너를 수태하고 네가 나를 낳는다

너와 나, 마주하는 두 개의 사물
사이에서 넘쳐흐르는 낯선 세계의 즐거운 멜로디

* 니체의 『차라투스트라는 이렇게 말했다』에서 인용.

울음 더위

사랑지상주의자 a는 휴가 첫날 가방을 싸들고 폭풍의 언덕으로 떠난다
고소공포증의 b는 바다로 떠난다
겁 없는 선남선녀들 맹수 아가리처럼 뜨거운 예식장 장미 아치 안으로 걸어들어가는 동안
땅속에서는 혼인비행을 마친 여왕개미가 힘겹게 산란굴을 판다
강 건너 고립의 섬에서는 노회한 정객들이 망각의 의자에 엉덩이를 맡긴 채 오수에 빠진다

시궁쥐와 비둘기와 떠나지 못하는 이들만 도심에 남아
그림자에 남은 수분까지 앗아가는 필바라침(必波羅鍼)의 악풍을 견뎌내고 있다
가로등 아래 귀화종 매미가 밤 없이 울어댄다

갈퀴덩굴처럼 우거져 귓전에 들러붙는 한 남자의 설레발과 오리발을 잘라내느라 계절 내내 당신도 잠을 설친다
두툼한 마스크를 안대 대신 눈에 쓰고 침대로 기어오르지만
당신 감정의 불안정한 기류가 뜻하지 않은 구름을 만들어 한줄금 격한 소나기를 부르기도 한다

자연

빈 냄비 안에 떨어진 한 닢의 우연한 금화

이것은
모서리 깨진 달의 작은 바퀴였다가
죽은 새 위장에 남은 숲의 여문 씨앗이었다가
사라진 코끼리거북의 마지막 발자국이었다가
내 잔등에 희미한 삼신할미 손자국, 씻겨나간 그 푸른 얼룩이었다가
혹과 혹 사이에 유목민 아이를 태우고 가는 암컷 쌍봉 낙타 눈에 비친 고비의 아름다운 신기루였다가
종이거울 속에서 만난 거리 여인 초상이었다가
일없이 수런대는 붉나무 야윈 그늘이었다가
녹슨 열쇠였다가

구부러져 흐르는 빛과 직진하는 이곳 시간과
흔들리는 당신의 눈,
나를 밟고 나를 지나 끝없이 나에게로 가는
닳아 문드러진 우리 산책에는 다행히
반납해야 할 슬픔의 지문이 따로 남아 있지 않으니

이것은
소금 우물을 찾아가는 늙은 마방들의 말방울 소리였다가
기도였다가, 한입 마른 빵 조각이었다가

알리바이

얼굴 없는 꽃 하나가 그에게로 와
그는 거울 속에 그 꽃을 넣어주었네 운전중에는 후사경 속에다 그 꽃 넣고 다녔네 한시도 꽃에서 눈을 떼지 않았네
꽃의 식탁에서 밥을 먹고 노래를 불렀네 꽃잠을 잤네
종일토록 꽃의 중심 꽃의 회전문을 맴돌았으나
아득하여라 꽃 속은 늘 캄캄하였네

언제부턴가 그는 후사경에서 사라져버린 꽃을 찾아
밤의 사각지대를 헤매 다니곤 했네
그곳은 진물 밟히는, 악취 가득한 꽃의 저잣길 꽃의 쥐구멍
아는지 모르는지 그는 다만
검은 새 검은 배가 가닿는 꽃의 해안 꽃의 페루, 입버릇 삼아 중얼거리곤 했네

그가 보고 싶은 건 백 개의 눈 백 개의 혀를 가진 꽃의 얼굴이거나
꽃의 달이 해를 삼키는 개기일식—뜨거운 코로나
그가 기억하는 건 앞다리를 버리고 남은 두 발로 잔인하게 걸어가는 꽃의 직립
누구도 앉은 적 없는 꽃의 빈 안장, 비루먹은 꽃의 말잔등이었네

맑은 날에도 줄줄 비가 새는 꽃의 지붕, 지붕 위의 악사인 그가 있네

시든 잎을 외투처럼 걸친 꽃의 들판

내 벽장 위 한 송이 드라이플라워로 남아 있는, 그가 있네

그에게는 많은 손목시계가 있다

그에게는 참으로 많은 손목시계가 있다
그의 손목은 시간을 잡아당기는 무거운 구리 문고리
그의 손목에서는 숨가쁜 말굽 소리가 났다
그의 손목에서는 매일 노오란 해바라기꽃이 피었다 졌다

신생의 아이들이 바구니 속에서 울어 보채는 동안
화분의 제라늄이 비릿한 비염의 코를 베어내는 동안
그는 얼룩진 매트리스를 창문으로 끌어내 마구 두들겨 패고 있다
여자보다 더 많은 수의 시계가 그의 손목 안팎으로 꽃 피며 지나갔다

그는 참 많은 일을 겪었다 어두운 골목에서 느닷없는 사랑의 복면도 만났다 여우와 신포도도 보았다 깨진 무릎으로 찾아가는 아주 낡고 오래된 모서리도 보았다
그가 흰 사슴을 보았을 때 날카로운 꼬챙이가 그의 눈을 찌르기 위해 달려들었다
그는 허공에 대고 정신없이 팔을 휘둘렀다 손목에 주렁주렁 매달린 시계들을 잠재우지 않으려

한때 그에게 단단히 손목 잡혀 있던 시간들이 이제 그의 손목을 되잡아 끌고 어디론가 가고 있다

황사

독설가인 너는 보수 일색의 이 도시를 고담시라 부른다
오늘은 이 고담시에 흉흉한 황사가 떴다
배트맨의 검은 망토 자락 같은 조커의 붉은 외투 자락
같은 사막의 날개
갈피 없이 뒤엉켜 해를 가렸다
창을 닫고 방방마다 등을 켜두었다
흔들리는 황사 스크린 위로 혼절한 태양이 떠오르고
박쥐 선글라스와 마스크에 얼굴을 묻은 사람들이
말없는 빠른 걸음으로 환란의 거리를 지나간다
종이 울린다 동굴보다 깊은 복도 저쪽에서
우— 우— 한 떼의 어여쁜 승냥이 소년들이 몰려나온다
오늘 비로소 고담시가 고담시다워진 것이다

잠자는 남자

그는 허기를 채우기 위해 바람에 한번 뺨을 맞아보려 한다
심술궂은 놀부네 나무 주걱 같은 바람이
따악, 하고 후려친 얼얼한 뺨에 돋는 밥풀 같은 별을 볼 수 있다면

그는 가슴에 새도 한번 길러보려 한다
새 모이로 공깃돌만한 밥을 입에 밀어넣고서
오랜 실업의 증거인, 늑골 아래 녹물 소리처럼 흐르는 새소리를 들을 수 있다면

오랜 생각 끝에 그는 직업적인 침대가 되기로 결심했다
유일한 일거리인 잠을 방해받지 않기 위해 느려터진 달팽이 시간이 귓속에 들어와 살고 있는 침대
어쩌다 밖에서 사람들 눈에 띌 때면, 아파트 옆 공터에서 반으로 접힌 채 노숙하는 침대
비를 피하기 위해 느티나무 옆 창고 처마밑으로 자꾸 등을 들이미는 침대

여우

재 하나 넘을 적마다 꼬리 하나씩 새로 돋던 때
나는 꼬리를 팔아 낮과 밤을 사고 싶었다
꼬리에 해와 달을 매달아 지치도록 끌고 다니고 싶었다

하지만 나는
꽃을 샀다
새를 샀다

수수께끼 같은 스무 고개 중턱에 닿아
더이상 내게 팔아먹을 꼬리가 남아 있지 않았을 때
나는 돋지 않는 마지막 꼬리를 흥정해
치마와 신발을 샀다
피 묻은 꼬리 끝을 치마 아래 감췄다

시장통 난전판에 핀 내 아홉 꼬리 어지러운 춤사위나 보라지
꼬리 끝에서 절걱대는 얼음 별 얼음 달이나 보라지

나를 훔쳐 나를 사는
꼬리는 어느새 잡히지 않는 나의 도둑

낭신에게 잘라준 내 예쁜 꼬리 하나는
그녀 가방의 열쇠고리 장식으로 매달려 있다

연애

우리 사이에 리본 매듭만한 짧은 길이 있었다
어느 날 이 길가에 흐린 외등이 깜빡 켜졌다
불면의 밤이 흠칫 놀라 서너 발짝 뒤로 물러났고
길은 몇 자쯤 더 길어진 골목길이 되었다

그로부터 당신과 나 아비규환의 날이 시작되었다
당신 발등에 꽃밭이 생기고 내 발목에 환히 복사꽃 피었다
내 정강이에 앵초꽃 피고 당신 허벅지의 물수국 잎을 터뜨렸다
그만큼 더 멀어진 길모퉁이에 전에 없던 빈집 한 채 보이고 전봇대가 껑충 몸을 일으켰다

당신과 나 아비규환의 날들이 계속되었다
돌멩이가 발끝에 걸려 비명을 지르고 밤 고양이 그늘에 숨어 담벼락을 할퀴었다
당신 등에 푸른 멍 그늘나비 내 옆구리에 생채기 해당화 꽃
내 혓바닥엔 상한 구절초꽃이 당신 어깨엔 침묵의 검은 새가 날아와 앉았다
길은 이제 뒷걸음쳐 달아나는 지루한 길이 되었다

언제부터인지 이 길로 서로 다른 계절이 와서 다른 눈들을 피우기 시작했다

오늘 아침 길 초입에다 누가 후사경을 세워두고 갔다

—사물은 눈에 보이는 것보다 훨씬, 더 멀리 있다

한 잎의 파도

노래방 기기 화면에 벼메뚜기가 있네
메뚜기의 짧은 발이 뗏목을 움켜잡듯
풀잎을 안간힘으로 잡고 있네
오뉴월 뙤약볕을 싣고 쿵작쿵 요동치며 흘러가는 풀잎 파도

오래전 나를 찾아온 작은 파도가 있었네
그 들판 운동장에 두고 온 시소와 그네는
멈칫멈칫 아버지의 뜰을 지나며 만난 맨 처음 파도였네
내 작은 몸을 싣고 날아오르던 아찔한 한 잎의 물결

마이크를 바짝 턱에 당겨 붙인 채
앞서거니 뒤서거니 바람의 노랫가락을 좇는,
지금 한 목청 요령껏 파도의 고비를 넘어서는 중이네
크고 작은 몇 개의 파도를 전전하는 동안
멀미약을 챙기며 나는 어른이 되었네
좀더 안전한 파도를 찾아 재빨리 적의 등으로 옮겨 타기도 했네

창밖에는 스케이트보드를 타는 소년이 있네
밤마다 웹 서핑을 즐기는 당신이 있네 화면 위에는
널빤지 같은 몸을 비틀어 웨이브를 추는 그녀가 있네
바다 위를 맨발로 걷는 귀머거리 액자 속 갈릴리의 청년이 있네

섬

휴가 안내문만 남기고 사라진 도시
폭염주의보의 빈 거리엔 매미 울음만 가득하다

나뭇잎들이 만드는 모자이크 그늘 쪽으로 '초록은 나의 종교'라 적힌 초록 글씨 티셔츠의 여자가 아이 손을 잡고 걸어간다
초록 샌들 초록 가방 초록 시계, 모자는 초록으로 닮았다

비를 모르는 어린 구름이 아이 앞에 편지지만한 그늘 한 장을 흘린다
아이의 작은 손이 그걸 접어 비행기를 날린다

나무들은 그마다 초록 지붕을 가진 여름날의 작은 터미널,
여자와 아이가 나무 안으로 사라지고
가지 위의 초록 벌레 초록 나비도 버스에 옮겨 탄다
한때의 초록교도(草綠敎徒)들을 싣고 버스는 출렁출렁 뭍에 가닿는다

처녀들의 램프
—성(性)

그 램프는 세상의 동쪽 끝 방이라는 이상한 이름을 가졌다
세상은 그때 주변의 익숙한 사물과 함께 램프의 부드러운 빛 속에 있었다

누군가 훅, 뜨거운 입김을 불어 그것의 불꽃을 꺼뜨린다
빛들은 홀연히 램프의 어둠 속으로 사라지고
사라진 모든 것들이 그 이상한 동쪽 끝 방에 갇혀 있으리라 믿는 처녀들
끝없이 램프의 캄캄한 구멍 속을 훔쳐본다
얼룩 수염을 가진 램프의 거인은
처녀들의 엷은 분홍 눈꺼풀을 덮고 잠들어 있다
동쪽 맨 끝 방을 여는 오래된 열쇠는 거인의 헝클어진 수염 끝에 단단히 묶여 있다

호기심 많은 처녀들 램프의 작은 방을 찾아
하나둘 금지된 밤의 계단을 내려간다
라, 라, 라, 저 깊고 깊은 동쪽 끝 방의 열쇠는 세상 모든 방들의 열쇠……
노래 부르며 가도 가도 제자리인 그 계단을 내려가는 처녀들

다시는 돌아오지 않는다

어느 아침
램프는 울컥, 삼켰던 모든 것들을 제 그늘 안에 쏟아놓는다
거인은 사라지고 동강난 열쇠와 녹슨 정조대, 부러진 새들의 발목
호호백발 백년 전의 처녀들만 햇빛 아래 소복하다

그 램프는 깨지지 않는 처녀들의 작은 성채
세상의 동쪽 끝 방이라는 이상한 이름을 가졌다

얼음땡, 나라

도시 광장을 가로질러가던 사람들, 땡! 한 점에 꼼짝없이 멈춰 선다
자전거를 타다가 전화를 하다가
그 자리에 그대로 얼어붙는다
왼발은 잔디밭에 오른발은 층계 위에
가방을 멘 채 담배를 피워 문 채

한 조각 얼음으로 딱딱하게 굳는다
뜬눈으로 잠든다
물방울 속의 물방울로 그림자 속의 그림자로
흔적 없이 투명하게 갇혀버린다 숨어버린다

저기 공중에
멈춘 새,
멈춘 공,
멈춘 울음소리,

그 잠시
광장엔 높다랗게 성벽이 둘러쳐지고 인동덩굴이 후닥닥 지붕을 덮는다
학교 종이 땡땡 불현듯이, 세상에 있지 않은 시간을 깨우러 오기까지
베틀 위에 재봉틀 위에 발 묶여 있던 그녀들처럼

아이를 낳던 네가 시험 문제를 풀던 네가…… 혼자 얼어붙어 반짝이는

쨍그랑, 다시 녹아 흘러내리는

깜빡 죽음 저 나라

입체 카드

그의 왕국은 국경 없는 종이 땅에 뿌리박고 있다

칼날은 그의 손의 연장(延長), 그는 날렵한 칼 하나로
종이의 척추와 갈비뼈를 찾아 기둥을 세우고 살과 숨을 입힌다
그는 종이 분수 종이 호텔 종이 첨탑을 만든다 항구와 미로 정원을 만든다

칼끝이 지나간 창 모서리에 작은 발자국들이 핀다
벽과 천장에 깊고 얕은 그림자가 생기고 닫혀 있던 많은 입구가 모습을 드러낸다
그렇게 세계의 비밀이 살짝 섶을 들춰 보여주는 것이다

안팎이 따로 없는 나라, 아스팔트 검은 정글 아래 구불구불 당나귀 길이 이어지고
그가 심은 나무는 종이의 이면으로 무성한 땅속뿌리를 뻗친다 뿌리 틈에 벌레가 집을 짓는다
아이가 멜로디 컵에서 꺼낸 새소리를 나무의 높은 가지에 달아준다
새가 앉은 가지마다 하나씩 서로 다른 시간을 비추는 해가 달린다

칼금 한 줄 그을 때마다 그의 백지에서 핏방울이 번져난다 그는 한 번도 자신의 몸밖으로 걸어나가보지 않은

사람

　카드를 닫으면 세계는 다시 평면의 어두움 속으로 몸을 감춘다

활극처럼

어떤 영화에 나오는, 이런 대책 없는 열차를 알고 있는지
예약을 않거나 보험이 없으면 한 발짝도 움직이지 않는,
시커먼 쇠붙이 몸에 향수를 뿌리고
기관실 앞머리에 스카프를 휘날리는,
5인조 대열차강도단의 추격을 거느리고 폼나게 달려야 하는,
여전히 마적의 꿈을 싣고 달리는 열차

왜 좋은 놈 나쁜 놈 이상한 놈이 뭉쳐야 영화는 재미있어지는 거지
왜 뺏고 뺏기는 보물 지도 속에서는 산은 죽고 해는 떨어지고 강물은 마르고 기린은 피를 흘리는 거지

영화는 여전히 달리는 말 위에서 치고받고 끝나지 않는다
저 대역 없는 리얼 액션
우리가 준비한 꽃다발은 어떻게 하지?
이 아름다운 것들에게
이쯤에서 총 한 방쯤 먹여주고 가지 않고

3부

폐원

식이 끝나자 단상의 여섯 자루 촛불 꺼지고 꿀벌과 나비의 음악도 멎었네
홍성대던 바람 하객들도 한 잎씩 식권을 손에 들고 서둘러 자리를 떴네
성장(盛裝)의 신랑 신부만 늙은 꽃으로 남아 색 바랜 붉은 비단길을 지금도 가고 있다

티켓 자판기

대합실 한쪽에 놓인 티켓 자동판매기
배경 화면에는
새파란 하늘이 있고 간들대는 금빛 물고기가 있고 가랑잎 배가 있고 동그랗게 번지는 파문이 있고…… 처음 보는 우물이다

배낭을 느슨하게 멘 행자 하나 우물우물 혼잣말을 삼키며 우물 앞으로 다가온다
언뜻, 금광정 우물가에서 바리때를 닦던 천년 전의 사미승 묘정*이 거기 있어
자라야 자라야 검은 우물 같은 내 바리때 속의 자라야, 나 잠시 그의 바닥 모를 수행의 입구를 훔쳐본다
허공에 연실 놓듯 무한정 실꾸리를 풀어넣을 수도 두레박을 내려볼 수도
신발 가지런히 벗어두고 뛰어들 수도 없는, 우물의 저 한끝
당신이랄지 이방이랄지, 닿지 않는 내 마음의 행선을 짚어본다

물고기 대신 자라 대신 한 장의 차표를 토해내는 행자의 우물
나는 얼른 우물 속에 빠뜨린 붉은 눈알을 건져들고 바쁠 것 없어 뵈는 그의 뒤를 따라 개찰구로 빨려든다

달이 없고 구름이 없고 파아란 바람이 없고 우물에 얼굴을 앗긴 창백한 가여운 그 사내가 없고

사내가 없으니 추억이 없고 가을이 없는, 물 한 방울 튀지 않는 그 유물 안으로

한 우물만 파던 이, 숭늉이 고픈 이, 바닥까지 우물인 이…… 한길 속내를 품은 이들이 끝없이 총총

* 『삼국유사』에서 사람들의 호감을 불러일으키는 신비한 구슬을 갖고 있었다는 인물.

책

온몸이 흰
미라 같은 책이 있다

당신의 손은 고고학자의 그것, 침착하게
얼굴에 눌어붙은 붕대를 벗겨내는 중이다

빛 아래
차갑게 떠오르는
군데군데 변색한 미라 특유의 얼굴빛과
어둠이 파먹은 이 목 구 비

정작 중요한 건
누구도 이 책의 진짜 얼굴을 모른다는 것이다
이 책은 누구에게나
붕대를 푸는 일만으로 끝나기 마련인
끝없는, 표지의 책이기 때문

썩지 않는다는 책의 심장은
발굴되지 않는다

오아시스

색색의 비닐이 야자 잎사귀처럼 늘어진 리어카
머리에 꽃무늬 두건을 쓴 물장수 사내는
드릴로 구멍을 낸 둥근 야자열매에 색스러운 빨대 하나씩 꽂아준다

이 안에 무슨 맛이 들었느냐고?
샌들 밑바닥에 껌처럼 달라붙는 왈왈이 로큰롤 맛
저 중늙은이 여우가 따지 못한 깡통 속의 신포도 맛
소녀의 목덜미를 노리는 그 남자의 번쩍이는 상어 이빨 맛

어느새 당신이 다 빨아 마셔버린
입술 구멍만 똥그랗게 남은
목마른 오아시스

심장이 빠져나간 흉곽, 내 빈 두레박에서 자라는
야자나무 한 그루

이 거리엔 천 원 몇 장이면 살 수 있는 오아시스가 있다
딱딱한 후안무치의 외피 밑에 숨어 있는
푸른 액체의 금고
그것의 정수리에 구멍을 낸 후 색스러운 빨대 하나씩 꽂아 마시는

새

잠시 후에 부화한 알에서 걸어나온 어린 조약돌이라 부르자
무리와는 조금 다른, 새싹의 부리를 가진 조약돌
노래를 부르는 조약돌이라 부르자

작은 무덤처럼 슬픔으로 부풀어오른 조약돌
외로운 조약돌이라 부르자
꽁꽁 얼어붙은 빙판 위에서 두근두근 깡충깡충 춤추기 좋아하는 조약돌

바람의 발바닥을 가진 나비 같은 조약돌
깜빡이는 거울 조각 조약돌이라 불러도 좋겠지만
그냥, 바보 같은 조약돌이라 부르자

노래의 단조로운 그물에 가둬둘 수 없는
이상한 조약돌
금지된 해변을 걷는 그런 조약돌이라 부르자

하고많은 조약돌들의 해변
얼어붙은 알에서 걸어나온 얼룩박이 조약돌
구멍난 내 호주머니에 남아 있을지 모를
그 한 알, 살아 있는 조약돌이라 부르자

먼나무

겨울나무 붉은 열매 속을 걸으며 누군가
어쩜 먼나무인 줄 알았네, 하고 탄식하듯 낮게 읊조린다

스쳐가는 그 말끝 건져올려 '먼나무 당신' 소리 없이 되뇌면
머나먼, 눈먼, 나무 한 그루 떠듬떠듬 지팡이도 없이
보이지 않는 눈밭을 헛밟으며 온다

잎자루에서 이파리까지 먼나무
어둠들 청수바다 건너 노래만큼 먼나무
발자국도 그림자도 얼룩얼룩 붉은 문장 저 나무, 구름과 새도 아직 보지 못한 먼나무

추억의 스타

휴일판 광고지 속에서 불려나온 저이는 한 시절을 원금 삼는 이자 생활자
낡은 필름통 같은 그루터기에 앉아 칭얼칭얼 기타줄을 긁는다

그때는 새들이 사람의 혀로 말하던 시절
노래의 덩굴손이 세상을 감아올려 구름 너머까지 당겼다 내려놓곤 했다
소문의 칼날이나 돌멩이들, 음률의 탄력에 퉁겨져나가 맞수들의 귓바퀴를 맞히곤 했다

그때는 새들이 사람의 혀로 말하던 시절
그러니 무엇도 달라진 건 없다
바람은 늘 한 발짝 바람을 앞질러 파발마 없는 배달길 나서고
새들은 오늘도 도돌이표로 입맞추고 숨표 위에서 춤춘다
햇빛에 반짝이는 검은 피크
음을 좇아 달려가는 숨가쁜 낮은 목소리
주머니에서 흘러내린 십 년 전의 동전 한 닢 데구르르 떨림도 없이 세월을 건너뛴다

새가 물고 간 그 이름은 새똥에 섞여 모자 위로 떨어진다 모자 안으로 파랗게 싹을 틔운다

그가 앉았다 일어선 자리, 파종하지도 않은 말꽃들만 피었다 시들었다

생계

동남아 뒷골목 빈민촌에
담벼락 위로 올라앉은, 창구멍만 빼꼼한 점방들이 있었다
좀도둑 소매치기를 피하기 위한 궁여지책으로
줄 달린 작은 바구니를 오르내려 빵 담배 음료수를 팔고 있었다
삭은 동아줄 같은 밥줄에 매달린 입이란
미상불 하늘이 밥 먹여준다는 말
입 달린 그곳이 바로 눈 아래 벼랑이라는 말

가파른 돛대에 올라 눈화살로 물밑의 고기를 구하는 사람들과
산간 벼랑에 제비집만한 집을 짓고 목숨줄 이어가는 사람들
죽어서는 층암절벽 빈 구멍에 널무덤을 매다는 부족도 있으니
공중은 궁(窮)과 궁(宮)을 이어붙이는 또하나의 길이라는 뜻

하늘 벽에 머리를 부딪친 나무의 몸에 들어온 햇살이
몇 알의 밝은 열매를 구워 시절을 셈하는 동안
나무 아래 입 벌리고 누운 마음 바구니 하나 넉넉한 당신이
옳다구나 구름 난전을 키워 기억을 셈한다

도둑 없다는 그곳에 주인 또한 따로 없어

여문 열매는 눈 밝은 새가 채가고 설익은 말씨는 귀 밝은 바람이 집어간다

연

고향 방죽에서 누가 연을 날리고 있다
들판 끝에 솟아오른 아파트보다 높이
아파트 지붕에 매달린 애드벌룬보다 더 멀리

그때 오빠들도 방죽 길에서 연을 날렸다
흰 꼬리별처럼 솟아오른 그 연은
아스라이
한나절을 그렇게 하늘 가운데 떠 있곤 했다

언니와 나는 마루 끝에 쪼그려앉아 그 연을 올려다보길 좋아했다
얼레를 풀려난 연실은 하늘 깊이 드리워진 낚싯줄 같았다
그들은 구름 저 너머에서 번개를 잡아오려는 건지도 몰라,
날개 달린 저 가오리는 바람의 미끼인 거야,

어른들이 팽팽한 연줄을 잘라
줄지어 날아가는 검은 새떼 속으로 겨울의 마지막 연을 풀어주었을 때도
우리는 바람의 뾰족한 입술이 물고 가는 그것의 행방을 묻지 않았다
오래지 않아 연을 삼킨 그 하늘로 다른 바람이 왔다
꽃이 오고 나비가 왔다

꽃 나비 함께 아지랑이가 왔고
소녀들은 이미 연을 잊었다

그때쯤 내 궁금증도 풀려 있었다
들판 가득 해의 등을 타고 온 아이들이었다

가시나무

무슨 선물을 갖고 싶어?
길 떠나는 여자가 그에게 물었을 때
당신 모자에 스치는 불꽃 나무 첫 가지,
그는 옛이야기의 한 장면을 흉내내 답했다네

여자가 내민 건 그러니까, 어린 가시나무였다네
그는 동쪽 창 연못가에 그 나무를 심었네
가시가 가시를 낳고 잎새가 잎새를 키워
그의 가시 사랑도 이자처럼 쑥쑥 불어났다네
발아래 의심과 망설임의 잔뿌리를 키우기도 하면서
겨울이면 그 나무 새하얗게 불타는 얼음 가시나무가 되어주곤 했다네

연못의 쪽배는 이제 진흙에 파묻히고
시간은 다만 불꽃 나무 바깥에서만 흘렀다네
그 나무 고요한 잎사귀에는
고약한 냄새뿔을 이마에 숨긴
뱀눈무늬호랑나비 애벌레가 살았다네
애벌레를 탐하는 말랑말랑 설익은 가시 혓바닥의 어린 새도 살았다네

잠 깬 호랑나비 얼룩 날개 햇빛 위를 떠갈 때
낮말은 새가 먹고 밤말은 쥐가 먹어
여자와 당신 사이 모자 안에

발가벗은 새빨간 거짓말 나무 한 그루 살았다네, 한 그루 지나 열 그루
가시 돋친 불꽃 나무들이 살았다네

천사의 나팔꽃

천사의 나팔이라는 꽃이지요
노란 천국이 꽃 속에 그득 차면 한 번씩
노란 소리로 꽝, 꽝, 쏟아내야 하는

천사의 나팔에는 날개가 없지요
이 깊고 둥근 금관(金管)의 소리로 저녁을 깨우기 위해서는
나팔을 불어줄 천사들의 숯불 입술이 있어야 해요
꽃 주둥이 뜨거운 나팔만 주렁주렁 가지에 걸어두고
천사들 어디로 도망했나요

쏟아지는 향기의 화염을 보아요
환청의 나팔소리 땅으로 스며 마당은 기어이, 들썩이는 지옥이네요
죽은 자들이 깨어나요
대지의 관뚜껑을 젖히며 숨가쁘게, 헛것 같은 푸른 것들이

창(窓)

사월에서 오월로 가는 길목에 작은 창이 나 있다
그 창가에 붉은빛이 서로 다른 꼬마 장미 몇 분(盆), 얼룩 고양이
타오르는 숲길 하나가 지금 창밖을 지나간다
침목처럼 가로누운 나무 그림자들
길 가장자리 밝은 그늘에 어느 날의 당신이 의자를 놓고 앉아 있다
아무것도 보고 있지 않은 사월과 오월 사이 당신의 숨은 눈, 그 눈 속으로
그림자의 침묵을 밟고 당신을 태운 기차가 지나간다

기억의 영지

이 골동품, 누구 거죠
창고를 헤집던 아이의 손에 잡혀 나온 다이어리 수첩 한 권
스프링이 꺾인 빳빳한 비닐 표지 아래 초록 숲에 싸인 수직 성당이 속표지로 끼워져 있는 이것은 한 보험회사의 연말 사은품이었지요
어머니, 원죄처럼 주어진 모종의 부채를 탕감받기라도 하듯 다달이 적금을 부어나갔지요

뒷면 주소록을 들추자 툭툭 눈에 밟히는 거주지 잊은 집과 수취인불명의 얼굴들
전화기 위에 피운 처녀들의 수다스러운 꽃밭과
큰 키 나무 무성한 가지 사이, 길 잃은 별들이 자고 가던 거미줄 해먹과
숲이 낳은 모든 복선의 길

어스름 새벽 숲을 열고 들어가 고백성사 아닌 몇 줄 메모 일기를 끼적거리던 날이 있었지요
탕감은커녕 영혼까지 조여오던 청춘이라는 부채
숲이 키우는 바람 소리에도 허기지던 그 겨울 초입, 급기야 나는 죄 없는 초록 숲을 몽땅 벌목해버렸고
멀뚱멀뚱 애인 녀석은 그날로 두툼한 검은 물음표를 목도리 대신 두른 채 눈 내리는 바다 목장에 저를 방목하겠노라 떠나버렸지요

천둥벌거숭이 우리의 중세도 목마른 신과 함께 그렇게 용도 폐기된 거지요

폭우와 낙뢰로 일그러진 고사목 아래 녹슬어 붉은 도끼날을 물고 있는 검은 그루터기

매직잉크로 지운 무덤과 이끼 마른 우물터의 흔적, 지상에 없는 바람 소리

폐지 상자로 던져진 수첩을 보는 아이의 눈이 묻고 있군요

글쎄, 흔적의 불로 타오르는 숲이 있다는 말 아직 들은 적 없다면 한 변명이 될까요

감각기관의 붓

자신의 그것으로 그림을 그렸다는 별난 화가의 기사를 읽는다 에구머니 거 작업 과정 한번 혼자 보기 아까운 퍼포먼스였겠다

저이 그이 차별 없이 공평하게 한 자루씩인 건 붓을 만든 어느 큰손의 깊은 뜻 아니겠느냐고? 문제는 그러나 그리 간단하지가 않더라는 말씀, 대체 어떤 신묘한 화필이기에 일단 그 붓대만 잡았다 하면 늙은이 젊은이의 분별도 없이 아이의 손으로 되돌아가시나 이 말이다 흙바닥이든 담벼락이든 아랑곳없다고 환칠하기 급급해지는가 이 말이다

나 아직껏 제 붓두껍 속에만 참하게 갇혀 지냈다는 붓 이야긴 듣지도 보지도 못했다 거 수상쩍은 붓 한 자루로 난세를 평정하리라고, 천지현황 가갸거겨 너도나도 한 붓끝씩 하시는 통에 세상은 오늘도 난독 난청인 거다 말하자면 나 역시 얼렁뚱땅 어느 붓끝이 갈겨쓴 엉터리 문장이 틀림없다는 그런 말씀인 거다

4부

그를 요약하다

자칭 독서광이었다
서점 임시 가판대도 아닌 그의 호주머니에는
축약판 고전, 문고판 철학서 같은
그럴듯한 신간 한두 권 어김없이 꽂혀 있었다
혁명에서 사랑까지 단숨에 뚝딱 소화하던 그
우리 어린 청중 앞에 풀어내는 강론만큼은
그가 부르는 솔밭 사이 강물처럼 느릿느릿 유장했다

미처 열어보지 않은 책갈피에서
그가 쥐고 있던 동전의 셋째 면(面)이 굴러떨어졌다
세상은 그의 앞에
공작처럼 활짝, 감춰둔 날개 주름들을 펼쳐 보였다
책 하나에 줄여 실을 수 없는 병든 어머니와 배부른 애인이 그 안에 있었다
젖어 미끄러운 계단 아래
사뿐히 즈려밟고 가진 못할 진달래 세상이 물크러지고 있었다

음화(negative)

필름 조각을 햇빛에 비춰본다

사진은
순간들의 데스마스크를 뜨는 즐거운 놀이
싹둑싹둑 풍경을 가위질하던 너의 경쾌한 셔터 소리 들린다

풍경은 죽어서도 고여 썩지 않고 가볍게 우리의 잔을 넘쳐흘렀구나
네가 도착하지 않은 그 나라까지 끌어당겨 창틀마다 끼워두었구나
보려무나, 머리카락과 눈썹 하얗게 센 네가
한낮의 검은 햇빛 아래 나앉아 웃고 있는 것
김치 치즈 속삭이며
낮에 보는 반달 입술, 유령처럼 깜찍하게
웃고 있는 것

포장마차 청춘극장

후루룩 급하게 말아 삼킨 혓바닥 뜨건 가락국수 같은 것이었다는
채 익기도 전에 새까맣게 타버린 몇 도막 살점이었다는
누군가의 입을 통해 유령처럼 튀어나온 잊어버린 게릴라였다는
시대와 치기를 섞어 버무려 단숨에 써내리는 지루한 연대사였다는
술집과 노래방과 모텔 즐비한 이 도시 뒷골목 공터였다는
청춘, 아닌 청춘의 그림자들만 뜨내기로 앉아 있었다는
심야 할인 서비스도 지정 좌석도 없는 황야(荒夜)의 천막 극장
덜컹덜컹 돌수레를 끌고 세상의 끝을 돌아서 오던 그 밤이었다는

추억 마케팅

추억 마케팅이 시류라지요 아마? 달리 향수 판매라고도 부르는, 아 지레 코를 킁킁거리진 마세요 당신, 단지 우리 안에 숨어 있는 근원의 그리움을 살짝 충동질해주자는 얘기죠 이건 얇은 물주머니와 같아서 바늘 끝만한 자극에도 바로 반응하게 돼 있거든요 봐요 노래도 영화도 리메이크 버전. 아기공룡 둘리가 주민번호를 받고 잠자던 태권브이가 아싸, 철권을 날리지요 카푸치노 비엔나 에스프레소, 오만 것 다 홀짝거려봐도 당신 입맛엔 역시 다방 커피가 제일이구요

영락없는 도깨비놀음이라구요? 큰물 진 여름날 황토 하천에 흘려보낸, 귀신 시끄럽다 진즉에 엿 바꿔 먹어버린 구년묵이 헛것들을 어디 가서 찾느냐구요?

걱정 마세요 추억은 어차피 유령이거나 부장품인걸요 이건 일종의 도굴 프로젝트라 당연히 분묘 개장 공고 따위의 번거로운 절차 생략이에요 간단해요 고갈되지 않는 지하자원, 무덤 같은 당신의 기억에 접이식 내림사다리 하나만 걸치면 되는데요 뭐, 그림자 몇 조각 집어내는 걸로 충분해요 단계별 추억 회생 프로그램이 있잖아요 누추한 기억일수록 도금발이 한결 쌈박하게 먹힌다는 건 공공연한 비밀이에요 일종의 연금술이죠

버려둔 상한 그림자들을 불러모으세요 삼면경 속에서 흔들리던 할머니의 촛불 한 접시, 신발짝에 퍼 담아온 논개구리 알이라도 좋아요 생손가락 앓던 당신의 창백한

검지 손톱이라도 좋구요

가소롭게시리 뉘 앞에서 선무당 휘파람 흉내냐구요? 당신의 업(業)이야말로 세상 최고(最古) 전통의 추억 마케팅이라구요? 스쳐가는 것들을 낚아채 잘근잘근 추억의 사이즈로 난도질하는 재미, 추억의 봉합사로 감쪽같이 꿰매 붙여 다시없는 변종품으로 세간에 내놓는, 그게 당신 업이라구요? 아하, 대충 알 만하네요 누군지

클럽, 아라비안나이트

성인 클럽 아라비안나이트는 그 도시의 제1관문, 바그다드 카페로 가는 길목
번쩍이는 의안, 천 개의 붉은 알전구가 사막의 밤을 화려체로 번역하는 곳

그곳에서는 하늘을 나는 마법의 카펫이 계단에 엎드려 길손을 맞지
밤의 순례자들 누구나 자신의 사막에 모래 제단을 차리는 시간

램프의 요정 유리병 속의 마인
큰 뱀의 여왕까지
비수처럼 품고 다니던 갈증이라는 이름의 오아시스 하나씩 가슴에서 내려놓지
피리 반주에 얹힌 코브라 음악으로 귀를 가리고
오아시스, 수심 없는 물 그늘에 몸을 던지지

검은 사구를 등에 업은 그들의 약대는
문밖 불빛 기둥 뒤에 무릎을 꺾은 채 잠들어 있지

모래알처럼 가벼워진 영혼을 싣고 끄덕끄덕 해그늘 속으로 돌아가는
아침마다 다시 태어나는 천의 밤 천의 사막
그 도시의 야화는 오늘 또 오늘 끝없이 계속되지

촛불

어둠은 오늘도 우리의 우울한 안부로구나
얼어붙은 창(窓)을 향해 당기는 부드러운 방아쇠와
납 방울처럼 다시 우리 귓속으로 떨어져 굳어가는 촛농의 말
잠든 거리로 피 흘리는 어린 불빛을 물고 사라지는 외로운 저 작은 짐승

당신들

때마침, 하나의 바윗돌이 쿵! 하고 빈 종이 위에 굴러 떨어질 때

당신은 그 바윗돌을 방점 삼아 빈 종이 위에서 주춤거리던 이야기를 서둘러 끝마칠 것이고

당신은 종이 보자기로 그 바윗돌을 간단히 싸버리려 할 것이고

당신은 한사코 바윗돌을 구름처럼 가볍게 허공으로 들어올리려 할 것이고

당신은 바위 둘레에 또하나의 커다란 둥근 바위를 그려넣어 잽싸게 말풍선 하나를 하늘로 띄울 것이고 바위의 닫힌 말을 번역할 것이고

당신은 산과 짐승, 바람과 나무를 바위 곁에 놓아 한 장의 풍경을 완성하려 할 것이고

당신은 바위에게 거울을 가져다줄 것이고

마주보는 두 바위에게 저것은 건반 이것은 안경, 이름을 붙여줄 것이고

당신은 한 바스켓의 흰 페인트를 가져다 바위에 쏟아부을 것이고 아예 바위라는 말을 묻어버릴 것이고

당신은 사라진 바위의 얼굴에 눈과 코를 달아줄 것이고

당신은 그 바위를 머리통뿐인 눈사람이라 부를 것이고, 종이의 눈밭에서 한 덩이 눈을 뭉쳐 몸통을 만들어 붙일 것이고

당신은 눈사람 따위는 아랑곳없이 거울 앞에 앉아 당신의 속눈썹에 붉은 마스카라 칠을 하고 있을 것이고

하나의 바윗돌이 쿵, 하고 빈 종이 위로 굴러떨어질 때
당신은 바위의 등뒤로 후다닥 몸을 숨길 것이고
당신은 쿵 소리를 한 신호로 가볍게 첫 문장을 시작할 것이고
당신은 쿵, 쿵, 쿵, 사라진 소리의 진원을 찾아 비로소 사방을 헤맬 것이고

그 나무?
—시

그 나무는
충충 늑골 아래가 바람의 카타콤이다

가지와 가지 사이 지하 계단에
십자가도 없이 매장된
바람의 유골들

빛이 죽은 검은 밤

한 벌 잎새의 수의조차 입지 못한 바람의 가난한 혼령들이 돌아와

삐걱삐걱
허물어진 저의 몸을 흔들어 깨운다

꽃 먼저 와서

횡단보도 신호등이 파란불로 바뀔 동안
도둑고양이 한 마리 어슬렁어슬렁 도로를 질러갈 동안
나 잠시 한눈팔 동안,

꽃 먼저 피고 말았다

쥐똥나무 울타리에는 개나리꽃이
탱자나무에는 살구꽃이
민들레 톱니 진 잎겨드랑이에는 오랑캐꽃이
하얗게 붉게 샛노랗게, 뒤죽박죽 앞뒤 없이 꽃피고 말았다

이 환한 봄날

세상천지 난만하게
꽃들이 먼저 와서, 피고 말았다

나비

나비는 시들어 사라져가야 하는 것들에 대한 조물주의 연민의 산물이라고요 만물의 빛나는 한때 색깔이나마 보관해두려 고심하던 조물주, 마침내 품속에서 커다란 보자기를 꺼냈다지요 따스한 햇볕 한움큼, 파란 하늘 몇 쪽, 하얀 곡식 가루, 아이들 투명한 그림자, 초록 풀잎, 소녀들의 명랑함, 미풍의 부드러움, 노랑 빨강 보라 등 꽃빛…… 새의 노래…… 같은, 빛을 가진 한때의 모든 것을 그 보자기 안에 담아 묶은 거지요 그래 아이들이 뛰노는 풀밭에서 그것을 끌렀다지요 수천의 나비였다지요 이렇게 태어난, 일찍 어디서도 본 적 없는 이 어여쁜 작은 이들이 날개를 팔랑이며 새의 목소리로 노래 불렀겠지요 당연히 새들의 투덜거림이 있었고요 조물주는 곧 나비에게서 목소리만을 지웠다지요

그때 태어난 나비들 중 어느새 조물주의 눈을 벗어나 언덕 너머 그늘진 곳까지 날아간 몇몇 악동 같은 나비들이 있었다지요 햇빛의 저쪽에서 조물주의 눈이 본 것을 그들도 보았겠지요 조물주는 미처 그들에게서 목소리를 앗지 못했고요 오늘 우리가 아는 어떤 이들은 무리에서 이탈한 바로 그 나비들의 후손이라는 말일 텐데요 그이들은 지금도 곤히 잠든 세계의 해안을 들락거리며 낮은 목소리로 밤의 비밀을 속삭인다지요 그이들 더듬이에는 때로 꽃가루 대신 비 냄새가 묻어 있고요 그이들은 항아리에서 달콤한 꿀 대신 잿가루와 별똥을 끄집어내며 달

팽이 뿔 위에 폭풍의 왕국을 세우기도 하는 종족이라지
요 아이들 눈 속에서 태어난 처음 모습 그대로 그이들은
바람보다 가벼운 날개로 어디로든 간다나요

천국의 정원

오월 사과꽃 그늘에는
같은 악절만 반복하는 망각의 음악회
주자들의 낡은 악기를 달빛 가지에 걸어두면
과일 대신 지잉지잉 울음 아기들 열린다네
과즙처럼 흘러내리는 아비 모를 그 울음 솎아내느라
둥둥대는 마을 아가씨들
무성한 초록 잎을 들추던 손이
제 얼굴 닮은 과일을 슬쩍 훔쳐가곤 한다네
머리 위엔 형형색색 호기심 많은 구름*
울음소리 그친 정원에는 코끝 지린 박하향 바람이 불고
익은 새알 속에서 찌리링 알람 벨이 울린다네

공중에서는 때맞춰
교미를 마친 수개미들이 만나처럼 쏟아져내린다네
끝없이 거미줄을 삼키는 거미와
수면에 엎드려 코를 고는 발 달린 물뱀들
모든 것 낯설고 모두가 태연한
천국의 역사가 바로 이곳에 있으니
노래는, 그가 태어난 처음의 불꽃 속으로 돌아가
오지 않는다네

나는
붉은 먹물 글씨의 부적을 살라 재를 마시고
삼칠일 깊은 잠에 들었다 깨어났다네

* 오르한 파묵의 장편소설 『내 이름은 빨강』에서.

문학동네포에지 069

여우

1판 1쇄 발행 2009년 3월 12일 / 1판 3쇄 발행 2009년 8월 24일
2판 1쇄 발행 2023년 2월 6일

지은이—류인서
책임편집—김민정
편집—유성원 김동휘 권현승 유정서
표지 디자인—이기준 김문비
본문 디자인—김문비
마케팅—정민호 이숙재 김도윤 한민아 이민경 정유선 김수인
브랜딩—함유지 함근아 김희숙 고보미 박민재 박진희 정승민
제작—강신은 김동욱 임현식
제작처—영신사

펴낸곳—(주)문학동네
펴낸이—김소영
출판등록—1993년 10월 22일 제2003-000045호
주소—10881 경기도 파주시 회동길 210
전자우편—editor@munhak.com
대표전화—031-955-8888 / 팩스—031-955-8855
문의전화—031-955-2696(마케팅), 031-955-8865(편집)
문학동네카페—http://cafe.naver.com/mhdn
인스타그램—@munhakdongne/트위터—@munhakdongne
북클럽문학동네—http://bookclubmunhak.com

ISBN 978-89-546-9023-2 03810

—이 책은 2007년 한국 문화예술위원회의 문예진흥기금을 받아 발간되었습니다.

www.munhak.com

문학동네